僕、片隅の客

ヨハネス・キューン

飯吉光夫 訳

思潮社

僕、片隅の客

ヨハネス・キューン

飯吉光夫訳

思潮社

目次

I

II

Ⅲ

V

Ⅵ

僕、片隅の客

ヨハネス・キューン詩集

イルムガルト／ベンノー・レッヒ編

飯吉光夫訳

I

川辺で

水面へ
赤く、オンドリの声が流れる。
その声は黒い泥の中に
ミミズを探す。
波だけが白い壁を立てて
行手を阻む。

川に迫りだした家の
窓辺に、
さきほどからずっと
少女の顔が映っている。舟が
水面を耕しては、白い畝をつくって行く。

Am Fluß

犬の啼き声への耳、立ち騒ぐ
岸辺の木々への耳、
村々の夕べの鐘への
耳！

霧の薄織物につつまれながら
静まっていく庭園への
耳を、僕は持っている。
庭師がまだ鍵をガチャつかせている、
門を閉めるのだ。

誰かこのあたりを閉め切ってくれ、
ぼくがこれ以上ここに、
足に
根が生えたように
とどまらぬように。

風景が書く

丘を上り、
丘を下り、
緑の尾根の
三日月のような弧がいくつも描かれる。
州道の岸ぞいの
ニレの木々の文字は、
誰にも、
誰にも読み解けない。

僕は子どものような
幼い眼を
持ちはじめた、

さまよいながら
きりのない読書をつづけることで
僕は眼が痛い。

やがて日が射してきて、
窓という窓を
金文字に描く。

空に書かれる
オオタカの数行が
胸を打つ、
幸福についての
よく書かれた綴方。

生の変転について
丘の尾根尾根が書く、
丘を上り、

丘を下り、とどまることなく、
砂の重さに、
石の重さに、
草の軽さに、
大気の明るさに。

ある庭園で

若い元気潑剌とした娘たちと
ワインを飲み飲み座っていた
今は昔の食卓の
楽しさを
ぼくは呼び起こす、
自分の額をあたためようと。

このあたりに夏は
ふんだんに日光をふりそそぐ、
でも過去の体験の氷は固く張ったまま。

木々の緑に幾重にも取り巻かれた

In einem Garten

この庭園の王のような
立像のもとに、
大海中の島を夢みながら
僕は立っている。
立像の石のマントは
そよともはためかない。

青い池の中の魚たちが
風景に沈黙することを教えた。
僕の髪の毛は
僕を大空に引き攫おうとする、
荒鷲のような
光の爪に
摑まれたまま。

赤い鰭をした魚

赤い鰭《ひれ》で
水面と
それともども青い空をも
切り進む魚、
この魚を讃えよ！
静けさのうちに棲み、
僕が微笑しながらまのあたりにするものを
見ない魚を。

ミミズを放れ、
撒いてやれ！
魚は尾で

Fisch mit roten Flossen

水面に映る空を、
割れてはまたくっつく
玲瓏たる皿のような水面をこなごなにする。

僕は一時間ものあいだ、
岸辺で
魚を讃えている。
僕はじりじりと髪の毛に照りつける日光を
ふりはらう。
日光はいらない。
今日僕のためには、
赤い鰭で
水面と
それともども青い空をも
切り進む
魚があれば十分。

夜鳴き鶯

おまえのためにつくられたお伽噺《メールヘン》は
あまりに少ない、夜鳴き鶯《ナイチンゲール》よ。いまでも
滾々と泉のように湧くおまえの声は
フルートのように木の茂みの間を鳴り渡る、
木の茂みは誰かさんからの結婚の申し込み《プロポーズ》を
受けているようだ。

おまえは魔法のようなその声で
僕の額からもう憤怒を拭い去った。
あのモーゼが
憤怒に駆られて
堕落した民らのもとへ

山を駆け下ったときも、
もしもその時おまえの蕾がほころびるような
鳴き声が鳴り渡っていたら、
おもわず彼は立ちどまっていたろう。

この夏の一日、
おまえがめくるめく想いのうちに見たものを、
今日の夜のうちにも
病人の
部屋に運べ。
別離や、
悲しみにみちた古くからの言いつたえ、
再会や、結婚式の塔からの
妙なる鐘の響き。
言葉では言いあらわせぬものを
おまえは歌う。

真昼

僕は
自分の心のために真昼を見出した。

トンボたち、
中空の青い針たちが
草はらの上を
音もなく縫っている。

川が氾濫して、柳のしげる
路地という路地が水びたしになった、
この路地に居酒屋のテーブルから
転がり出る酔漢はいなかった。

Mittag

僕だけが酔いつぶれて転がり出た。
黄色い陽光に眼が眩んだ。

僕は
自分の心のために真昼を見出した。

夕べ

森は光を追って移動しはしなかった、
岩は足場を失って転がり落ちはしなかった、
土地はこれまでと変わることなくもとのままにとどまった、
夕べがそっと指を立てて
すべてのものに触れていく、
あまりに長時間昼間から加えられた傷に
癒しがもたらされるように、と――
洋梨の木の息づきが、
やっともう一度力をとりもどす、
静かに月が
その上空の雲のゆりかごに宿り、
おのが時をゆすっている。

Abend

鐘の音が波のようにおしひろがって耳もとに届く。
さらに多くのものを、さらに多くのものを僕は望む、
そのなかで溺れながら天国を夢みて、
幸福に死に就くことができる
川とか海とかが生じてくれないか、と。

夜の歩行

時間の息音を
聞くことなく、
僕は金属的な夜道を歩んで行った。
月めがけてフクロウが飛び立った。
じとじとと降る雨が、
まだ僕らを想っている海のことを思わせた。

一方、獣の肉をもとめて
吠えたける犬の声、
それがおくればせながら
草原の味を、
砂漠の味を、

僕に教えた。

周囲はいかにも住み心地よさそうな、
この暗闇の洪水から
われわれを護る、
ほとんど熱っぽい
窓ガラスの眼をつけた
家々。

おお、太陽がこの家々の額に
赤い手の指をあてがうとき、
灌木地帯から
起床を促すアトリの鳴き声が
岩の血潮の中にさえ
滲み入るとき、
僕は夜見た夢をパンのように
食らいつくす。

日中を、新たな日中を、僕はこのパンの
養分で生きのびる、夜見た夢の話を
友人連中にする。

夜

舞踏が
木々の根っこをゆらがせはじめる。
でもまだ木々はじっとしている、
だもんで窓辺の男は
死ぬほど仰天することはない。
ただ
夜が、すばやい手つきの子どもに
たたき落とされた蝶のように、
この男を打ちのめしているのだった、
それでもやがて草はらでは、
コオロギの鳴き声につれて、
木々が旋舞しはじめる。

夜の小唄

雲が大気のワインに酔って、
森の上空を千鳥足で行く。
月が静けさと光にみちた
おのがトランペットを吹き鳴らす。
盗っ人が月あかりにけつまずく。
運命に破れた者が
けらけら笑いのうちに、
折れたわが身の背骨に帽子をかぶせる。

Kleines Nachtlied

わが友、月よ

おまえは、広い視野の持ち主として
僕のそばにいてくれなければいけない、
わが月よ。
おまえのやわらかな光が
白樺をこの上もなく美しい女によそおうのを見て、僕は驚く、
わが月よ。

おまえはあたたかい夜を連れてくる友として、
僕のそばにいてくれなければいけない。
わが月よ、
おまえは星たちを動員して、
池を一面きらきらと輝かせる、

Mond, mein Freund

わが月よ。
おまえは沈黙を教える師として、
僕のそばにいてくれなければいけない、
わが月よ、
波たちの歩調は何とこきざみに
ひそやかになったことだろう、何と長く、何と長くいつまでもそれは続いていることだろう、
わが月よ。

おまえは美しい力にみちた富める者として、
僕のそばにいてくれなければいけない、
わが月よ、
おまえは僕とふたりきりでいる、
おまえは何と新たな国土をぼくにつくり出してくれたことだろう、
わが月よ。

おまえは僕が夜彼女のもとに行こうとするとき、

僕とともにいてくれなければいけない、
わが月よ、
おまえは夜遅く僕にこの村をきよめてくれるだろう、
大声をあげたり、金切り声をあげたりはしないで、
わが月よ。

闇

闇、それはひねもす鬱蒼としたしげみに、
きみが手で打っても手ごたえがない風に
添え寝する影となってうずくまっている。
そのあと夜になって、太陽が山々の背後に消え去ると、それはどんな猟師にも退治されたこ
とのない原始獣、大きく翼をひろげた龍の姿でやって来る。
おお、それは昼のあいだ見た夏の風景の甘美な像を賞味しはじめ、
善良な羊さながら、おお、もぐもぐと、おお、もぐもぐと
いつまでも咀嚼しつづけている。
そして見よ、翌朝には、過食したとでもいうように、
白い唾液まみれの像をすべて吐き出す、
それを太陽が持ち去る。

春

春が緑の声を放つ。
太陽が黄色い舌を出して笑う。
灰色のカーテンが
眼の前から落ちる。
真昼が、真昼が、
しげみのまわりをくるくると
一本足でまわりながら、
赤い舞踏を踊る。

ボールを蹴り蹴り、時間をたっぷり無駄づかい！
蝶たちにかこまれて、婚礼の日を夢みる。
夜ともなると、

Frühling

選びきれぬほどの星が僕にあてがわれる。

空が
おのが鏡を大きくひろげ、
湖水のいぶきが
その汚れをきれいに拭う。

草原の若駒たちが
美しいギャロップの
軽やかな幸福感を背にのせて
走っている。

こんなイメージが湧いて出たなんて、
誰が天国の
門を開いたのか?

期待

合点とばかり、
いろんな色のアトリを送ってよこす春、
地球を染める赤いボール球《だま》を
軽やかに指一本の上で
踊らせる春。

あらゆる感覚のドアが
開け放たれている。
僕は花に触れたい、
僕は歌を唄いながら喜びの梯子をかけのぼる、
段一つ
こわすでない。

Erwartung

丘の上の
草地の中の
見晴らし台、
そこから僕は宙を舞うオオタカの
帆走する幅広い背を見る、
そこの草はらでは
蝶の糸が、
ぼくのまだまみえぬ
君のための
衣を織っている。

期待に胸ふくらませて、
僕は歓迎の挨拶を
舌の上にころがしている。
期待、
それは、たとえ誰も来なくとも、
一つの祝典。

真昼の夢

農婦が家に持ち帰る
ケシが一杯入った赤い籠を、
僕は僕の夢に役立てることができる。
白い別荘から、
眼下の小暗い谷あいまでの間に
糸を張る
幸福の鳥たちが来てとまる
ヴァイオリンの音色を僕は家に持ち帰る。

楓の木々が
緑の梢の絵筆を
上空の雲までよそがせてくれますように！

Mittagstraum

噴水の、
いつ果てるとも知れぬお喋りをとりかわす、
口から水を吐いている怪獣たちが、
夢の中までその会話を
贈物にしてくれますように！

笑い声を上げながら、
蝶たちを
ほのがすむかなたの家畜の群まで追い立てている一人の子どもが、
草はらをそよぐ
幻と化するといいのだが。

僕は真昼を
僕の夢のために持ち帰る、
眠りが
種々のコオロギたちの声をまぜあわせる。
大気中のグラスを打ちあわせるような音を、

草刈り人の足音を、
大鎌が刈る音をまぜあわせる。

雷雨

雷雨の御指名にあずかって、
このあたり一帯にパラパラと雨音がしはじめるとき、
僕はぎらつく旗のような
僕の夏シャツを
熱い室内に取りこんだ。

やがて稲妻が
このあたりを
ただ一輪の花に変えるだろう、
とはつまり、
夏の生け垣の小バラなど
一笑に付してしまうような

Gewitter

大輪のバラをここに咲かせるだろう。

轟く雷鳴が
眼の前に置かれた生ビールのジョッキーのような人間の耳にとびこむだろう、
耳底に残るホオジロの鳴き音も
すっかり払い落としてしまうだろう。

おお、雷雨よ、
おまえを前にして、
静まり返った真昼の
ぎらつく美しさが
はやくも崩れていく！

ひまわり

ひまわり、
それは長靴をはいた猫が
湯治場の水晶御殿に行くときに乗っていく
童話の馬車の月光下旅行用の
車輪。
それは誰かが首を吊ろうと綱をかけてぶらさがっても、
ポキンと折れてしまう夏の立木。

善良な母親たちそっくりの
顔また顔、
それが窓ごしに
僕の部屋をのぞきこむ。

Sonnenblumen

それは家の番をしてくれる令嬢たち、
この令嬢たちを
外出に誘い出すわけには
いかぬ。

年の瀬

まるでもう猟師たちが
ノロジカの皮を剝がして
広びろとした場所に干したように、
まわりは褐色だ、それでもかまわない、
草はらよ、おまえはそれでも、
森や、
息もつかせぬ跑足《だくあし》で
丘を上り下りする
幾重もの籬《まがき》の列ほどには
褐色になってはいない。

僕は自分のひからびた感覚を、
さきほど降った俄か雨の

Jahrabwärts

雨滴にみたされた大気中に、
シャツのように掛ける。
やがて裏切り者を、
何らかの極悪非道の人間を裁く
もっと峻厳な季節が来るだろう、
秋の木の葉の屑が
嵐の篩にかけられて、
クルクル舞いしはじめるだろう、
悪魔のような寒気が
「さらに峻厳であれ」とみずからを叱咤激励するだろう、
塔が傾き、
瓦の位置が
ズレ、
その下にいる
きみの足の裏には
逃げだしたい衝動が
ウズウズするだろう。

冬

冬は広い
白い腰幅を、
山々の椅子という椅子に下ろす。
鳥たちの咽喉奥に氷の指を突っこみ、
歌声の出る根っこを引っこ抜く。

飢餓の旗をこれみよがしに夜空にひろげる。
そこには満天
金色にきらめく星また星。

II

村

郷 愁《ホームシック》は
何軒もの家をもつ。
そのうちの一軒のせまいひと部屋を僕は駆けめぐり、
周囲の白い壁に
村を見た。

細い道、
そのかたわらの、
道と道とを
綱《ロープ》のように繋ぐ小川の中で
押しあいへしあいする
ガチョウたち。

Das Dorf

家と家の間には、
顔をきれいに拭くための
緑いろのタオルのような
草っぱら。

村の明るいのびやかさの中で
屈託なく遊ぶ
子どもたち。

庭の垣根ごしに
話をかわす隣人同士、
それに合槌を打っている
夏の花たち。

見通し

星の数を
僕は数えた、
砂を足で蹴立てた、
そのほかありとあらゆる愚行をやってのけた。
蠟燭の火のようなモウズイカの花を賞め讃えた、
樹木の枝からゴングを打ち鳴らす高麗ウグイスをも。

そのころ、
友人連中は金を儲け、家を建てた、
花嫁を家に連れて帰り、僕なんかには見向きもせず、
最近では庭いじりや
子ども相手の幸福に

Überblick

明け暮れている。
このような村中の幸福の主たちからの笑いが、
僕に向けられる。

でも僕はあいもかわらず草の褥《しとね》の上で
夏の昼寝をし、
満足至極のしるしである息を
両手に吹きかけている。

それでも冬が髪を
雪のように白くするときが来れば、
僕はひとりぼっち、そのときは――
カラスたちよ、きみらの死の挨拶を
歓迎するよ、
灰よ、やがて僕をおおうことになる
きみらの掛布を歓迎するよ。

孤独よ、きりをつけてくれ。
教会の塔よ、やがて僕の時からの退場を
打ち鳴らしてくれ！

木のベンチ

クルミの木の、葉つきの手が
木のベンチに深く垂れさがっている。
土地の男たちが、
ここでする噂を
この手は払いのけてくれるのか？

手招きするように、
空いていますと言わんばかり、
このベンチは、
いつまでも長もちして、
その時々の世間の様子をみんなの噂話から聞けるようにと、
頑丈な樫材を脚にして立っている。

Die Holzbank

刃傷沙汰が語られる、
月へ行く旅行が冗談まじりに語られる。
ここで結婚式の段取りが決められる。

夜になると
男はここで寝る。
洗わない髯をした、
足うらがザラザラの、
放浪癖のあるこの男。
この男はここのベンチが好きだ、
このベンチは彼には
唯一の家具だ。

朝になるとこのベンチは、
男が日中も着ている服で
何度も寝返りを打ったため、
ピカピカに磨き立てられている。

朝になると村の老人たちが来て言う――

「きれいなベンチだなあ」。

月光の下で

Beim Mondlicht

月下の
丘陵のはざま。
酔客はファンファーレを取り出し、
朝を告げるオンドリをこんなに夜遅く
長い管から引き出す、
ひんまがったその音、そのため教会の塔は
敬虔な息づかいの背後でふるえつつ、
めまいを起こす。

ちいさな
コウモリ、
それは何度も急角度に向きを変える飛行のうちにも

空気を吸う
魔女が送り出した空飛ぶ心臓。
ぼくはそれを避ける。

ぼくを白い壁の背後に
引きとめる
部屋は、
暖を与えてくれる。電灯のあかりが
そっとシーツをひろげてくれる、
そこに一日の苦しみを
くるむようにと。

夢想

メンドリたちを喜ばす
日中！
上からまとうマントのような青空が麦の穂の畑を
黄いろの火中に投じる。
火は麦粒を
たしかな硬度へと
焼き、
粉屋の男っぽい顔を
甘美な女の微笑へと変える。

僕は眠気へ誘われる。

Träumerei

幸福の一ペニッヒ貨たちが
舗道で
輪舞を踊っている、
キラキラと輝いている、
手が早い悪童たちが
教会の塔から
投げ落した
ペニッヒ貨。
墓穴から眼覚めた者たちが
この音立てる硬貨を追いかける。

するとそのときオンドリの鳴き声が僕を七首のように刺す、
眼覚めながら僕は
それほど活況を呈しているとはいえない
夏の一日を見る、
庭にはメンドリたち。

埋葬のあとで

太陽が今日、市を立てて、
川や石ころや木をことほぎながら、
これらすべてを感謝のまなざしで受けいれるようにと
勧めているよう。

大地が一人の人間を僕の手から奪って、おのがうちに嚥みこみ、
彼の墓の上にやがて花を咲かせようとしているのだった。
これは天上なる主が、
おぞましいものをも
あらんかぎり美しくしようと
大地に与え給うた知恵だった。

Nach dem Begräbnis

いま僕が、
喪のかなしみを呼気とともに吐きながら
道のべを行くとき、
大地はぼくを抱きすくめ、
心のうちなるおぞましさの氷を融かしてくれる。

耳もとにはまだ、
咽喉をガラガラと鳴らす瀕死の病人の音。
それでも大地は、
アトリや葦に歌を歌わせて、
僕を自分がまだ存在するという
かすかな喜びに、
誘う。
僕を小川たちもろとも生の陶酔へ
流れ落ちるようにと
赤く灼熱しながら
ほとんど強制する。

この日、
大地の力がみなぎってない所は、どこ？

村の音楽

頬をありたけふくらまして吹くために、
壁にぶち当たったあと震動が家の中まで伝わって、
漆喰がポロポロと剝げ落ちるほどの
吹奏楽器の大音響とともに、
黒ずくめの男たちの楽隊は行進する。
小麦畑のいろ一色に染まったような金色のチューバが
がっしりした腕に抱かれて、子どものようにあやされている。

楽隊の歩みがとまる、
道の前方を、一声低く鳴きながら
横切るツバメ。

Dorfmusik

無我夢中で後を追って来た
日曜の教会行き姿の少年たちの
髪の毛が花と咲く。

黒っぽいズボンのポケットから長い手が抜けて出て、
木の細枝のようにゆらゆらと
宙にゆれる。

いまもし家々の煙突から
黒煙のかわりに
凱旋の赤い旗が打ち振られても、
僕はそれほど驚くまい。

オンドリ

オンドリは赤い叫び声を上げて
朝を叱咤する。一日のドアを
あけ放つ。子らの眠りに闖入して、
さあ勉強勉強！と言う。
農夫たちも起きる。オンドリは
朝の眼覚まし役だが、
お返しは受けとらぬ。
オンドリはほかのトリたちを鶏小屋の外へ連れ出し、
まるで大勢の后と、部屋と、
大きな中庭を持つ王のように振舞う。贅沢三昧の暮らし。
持ち前の見事な羽根で絶世の美女たちをうっとりさせ、
その何人もを追っかけ回わす。

Der Hahn

とがった串のような嘴でミミズどもを突っつき回わす。
夕べともなれば、潮時を見はからって、
奥方どもを後に従え、
小屋に入る。月の光がしらじらと射しこむもと、
愛の時刻を持てたらいいのだが――
ところが農夫は言う――おまえはおれの持ちもの、
これまでの働きのお返しにオンドリはスープ用の鍋の中でグツグツ煮られる。

ヘリコプター

Der Hubschrauber

西の方角の環状の雲から
いま蚊のような姿で、
おもいもかけず突然出現して、自転車の空気入れのようなバガバガいう音を
はじめは小さく、やがて大きく、
キツツキが木をつつくようにひたすら小刻みに立てる
鉄製の怪異なもの、
空を飛ぶ大鎌、めまぐるしく回転するプロペラを頭上にのせた乗りもの。
それが心地よさそうに、あるいは心地わるそうに、上空を飛ぶ、

スピードを上げたり、下げたりしながら。

子どもたちがそれに向かって帽子を振る。

州の大臣が首都にむかって飛んでいるのではないか、
この秋再開された議会で立て板に水の演説をしようと思っているのではないか、と下界の人間は思う。でなければ、製鉄所の工員がガス中毒に罹って、
大都市の病院の名医のもとに駆けつける途中やもしれぬ、そうかもしれぬ、そうかも！
ならば急げ、急げ！

でなければ誰かが上空から
このあたり一帯を撮影しているのやもしれぬ、
商業用の絵葉書をつくっているのだ、
出来上がって手に入ったら、今は北米にいるおばさんに一枚送ってやろう、
ここいらは、ほうら、こんなに綺麗です、
この絵葉書は航空写真です、
地上の右端に――僕はしるしを付けた――
おばさんが子どものころ茶色のハンドバッグを失くしたというヒンケル通りがあります。

それがはたして本当やら。

ヘリコプターが飛んでいる、ブンブンいいながら頭上を遠くへ遠くへ
飛んで行くコフキコガネ。
鉄でつくられた蚊。
パイロットは生きた人間。フリートヘルムとかブルーノとかいう
定まった名前を持った人間。

デダルス、むかし墜落した
神話上の飛行機野郎。
パイロットはそのメダルをお守りとして、
ネックレスの先につけている。
半分銀の合金を打ち抜いてつくったお守り。
非常にギリシャ的なお守り。

自転車

Das Fahrrad

坂を下る
車輪のめまぐるしさを、
車輪の輻《や》に反射して
きらめく光が物語っている。
チリンチリンと鳴らされるベル、
このベルの音には幸福感についてのジョークがこもる。
滑空するカモメの軽快さが、
転倒しても
不幸な結果に終わらないように
両手をハンドルの棒に
だらりと置いて
坂を下る少年によって味わわれている。

日光を一杯に孕んだ風に
顔をさらしている少年は、
それを皮膚や髪をかすめて過ぎる
ひとつらなりの布のように感じている。
映画のように
流れ過ぎていく家並み、映画のように
流れ過ぎていく並木！
あとには何一つ残らない。
コウモリの空中での翼のめぐらしのように、
ほとんど音もなくめぐるタイヤの疾走。

喫茶店のテーブルでの新聞

Zeitung am Kaffeetisch

巨大な蝶である
新聞を手にして、
僕は遠くまで飛んで行く。
戦死者の屍《むくろ》が無惨によこたわる
醜い地帯へも、
煙突掃除夫が墜死した煙突があるところへも
――流れでる血が煤煙を衣服から拭い去った――。

巨大な蝶である
新聞を手にして、
僕は遠くまで飛んで行く。
新婚の王妃のベッドへ、

――ヨーロッパにもまだ王妃がいる――
称号授与の広間へも僕はやって来る。

オーストラリアなんかよりもずっとずっと遠くまで
僕は飛んで行く、 喫茶店のテーブルに座っているまま、
巨大な蝶である
新聞を手にして。

ザールランド

北国の鳥たちが
モクモクと立ちのぼる煙めざして
やって来た、
煙を翼を休める
樹木と勘違いして。

おお、森々から、
町々から立ちのぼる黒煙、
このあたりに煤煙からできた
別の森が
生じたよう。鉄が雄叫びを上げる。

僕は畑地ぞいの樹木の葉が屋根をつくる、
ひときわ明るい環状の丘に囲まれた庭々の友だ。
溶鉱炉の汗みずくの仕事場の男たちを知る、
夜闇につつまれた炭坑出身の
僕は、
微笑する人物だ。

Ⅲ

居酒屋で

黄色いビールに
黄色い日の光が落ちる。
人影たち、黒い男たちが
テーブルで吠えたける。

白いエプロン姿のお内儀《かみ》が蛇口へ急ぐ、
そこから配られる
客ひとりびとりへのビール。
ほろ苦いかおりが
ハエどもを招き寄せる、
ハエの群はちらばって
床に点々とする滴に降りる。

Im Gasthaus

僕、片隅の客、
みんなに遠ざけられ、
波のようにひたいを洗っていく
周囲の笑いだけを受け容れている、
ほうら、僕がいま差し出す五百円貨には汗がにじんでいる。

賭けトランプをする人びと

Der Kartenspieler

灰色の髪のふしだら女さながらの夕まぐれ、窓には霧、
重く垂れこめる時間、
そこでの男たちの一日の労働からの解放である
賭けトランプが、
絵札を一枚引いたことで
一つのテーブルを賑やかにし、
口々に騒ぐ声は飛沫となって跳ね上がり、
居酒屋の壁は砕け散らんばかり。

テーブルの端に賭け金として積み上げられる
貨幣が、
高くなったり、低くなったり、

一同の顔色が、
青くなったり、赤くなったり。

拳固が何度もゴツンゴツンとテーブルを強く叩く、
この木製のテーブルが
頑丈でなければ、
その衝撃で
こっぱ微塵になろう。

居酒屋の家畜商

彼はポケットの中に金をジャラジャラいわせている、
居酒屋の中でこれは耳につく、
若者たちがうやうやしく周囲にはべる。

ビールの杯を重ねる端から、彼の買った
子牛の数が飛び出す、
冗談口はそのあと
店の女の子へむかう、
女の子はぴしゃりとそれを
撥ねのける、なにしろ家畜商の顔は
赤い斑点が浮き出て、
好色漢のそれになっているから。

Viehhändler im Gasthaus

人生の勝利者かつ豪商であるところの彼は、
デンと腰を下ろしたまま、
どうやったら富豪になれるかを
縷々と述べる、おまえら、文なしの
虫けら同然の奴らよ！
コウモリがこれまでより一層黒ぐろと
宙を飛びかうころ、
家畜商は、体内のビールの量が増えるとともに、
大見栄を切りに切って、
テーブル中の客に大盤振舞いをする。

いまに亭主がビールの出る蛇口を愛撫し始めるだろう。
テーブル中の客がやがて輪舞を始めるだろう。
夜はますますとっぷりと暮れて行く。

農夫たちの冬の夕べ

グラスに農夫たちの手が伸びる、
グラスを打ち合わせる音は、
いうなれば彼らのハープ演奏。

居酒屋の窓には赤い門が、
月が、映っている、
この門へ農夫たちは疲れた眼つきで入って行く。

額を夢にもたれかからせる。
年とった農夫たちの唇には、
冬作は一度雪を越した方がいい、
という金言が住みついている。

Winterabend der Bauern

この金言がときおり
鳥のように舞い立ち、
周囲を呪文のように飛びかう。

時計の鳴る音とともに
真夜中が来る。
農夫たちはせきたてられて
勘定する、
金がぴかぴか光りながら
亭主の手のひらに消えて行く。

このようにして冬の一日が、
汗水垂らして得られた貨幣とともに消えて行く。

居酒屋の嘲笑される詩人

彼らはあざけりやそしりのトランペットを
居酒屋の壁に
反響させる、
——おまえなんか男じゃない——
彼らは嵐のように僕を愚弄する、
だもんで僕は、飲んでいもしないのに、
酔っ払ったように店の中をかけめぐる。

やっと、階段を下りて、
もう文句が聞こえて来ない夜闇へ出る。
口から詩の文句をガラガラ蛇のように吐く、
途端ほっとする。

Der verlachte Dichter im Wirtshaus

月の光に、月の光の優しさに
道はあふれている、やがて降り出す
十二月初旬の
雪の囁きの優しさにも。

カラス

少しでも軽くなれるようにと
男はシャツを脱いで、
重い酔いを凌いでいる、
百ポンドもある重荷をしょっているみたいに
壁につたってよろよろと歩く。

みんなは彼をカラスと呼んでいる。黒い髪が
顔一面に垂れ、
半分眠たげなその御面相を
しげみのようにおおっている。
彼は痛みに耐えているかのように
唇をぴりつかせ、
本物のカラスみたいに

Der Rabe

両手の爪を逆立てている。
テーブルの上の真中で
店の亭主にむかって
逆立ちをして見せる。
グラスが床に落ち、
こぼれたビールが
真夜中の電灯の下で
黄色い水たまりをつくる。

亭主は男を
獣のようにおさえつける、
椅子にぎゅうぎゅうおさえつけられて、
男は正体なく眠りこむ。
椅子の背に頭をもたせ、
玉のような汗に額を
ぎらつかせながら。

酔っぱらいの友

Der betrunkene Fuchs

こんぐらかった文章から出来ている狐の巣穴に僕はやって来た。

そこに友が腰かけていた、
一壜空にし、
二壜空にし、三壜目も空にした。

こんぐらかった文章から出来ている狐の巣穴に僕はやって来た。
酔っぱらいのわが友が
興がおもむくままにつくった巣穴だった。

狐は、
友の頭の中は、

巣穴の中の真暗闇の通路を駆けずり回わった、
ここで行きどまりに突き当たり、そこで曲がりくねった迷路に入りこみ、
あそこでは、真の空よりさらに青くひろがる
空に通じる、ぽっかり開いた出口の前に出た。
友が語ることばに友は耳傾けた。

そのあと眠りが訪れて、こんぐらかった文章から出来ている迷宮のような狐の巣穴を駆けずり回わる
狐を射ち殺した、
音のないただの一発で
猟師のように追い回わすこともなく
射ち殺した。

飲み助ども

川ぞいの
なごやかな風景は
もともとは善良なる神の手によるもの。
それを飲み助どもは
酒のありがたい恩寵のせいとわめきちらす。
その恩寵とやらはやがて、道もろとも夜闇をも飲みつくそう。

穴を
飲み助どもは宙にあける。
ある者は看護婦寮の階段に小便をひっかけ、
ある者は帽子を裏返してその中に唾を吐き、
「右や左の旦那様」と呼び掛ける。

Die Säufer

ある者はメリケン粉袋のようにゴロンと転がる。
笑い声や拍手喝采が
彼を襲う。

彼らはみんな
背中からそれぞれの運命を下ろし、
ふらりふらりと歩き出す。ある者は死んだ友達を想って胸がふさぎ、
ある者は石切場での重労働が真底身にこたえている。

耳をすましてごらん！　飲み助どもが歌っている。
国道がくねる。
木々が狂ったように倒れこむ。
飲み助どもは次の居酒屋へと梯子する。

娼婦ども

Die Dirnen

牧師さん、あなたは
彼女らは悪魔に息を吹っかけられているため、黒くおぞましいとおっしゃいますが、
それは違います！　あの波止場に立っている娼婦を御覧なさい、
主婦並みの金髪で、
胸も主婦並み、
脚だって御覧の通りで、
別段、舞踏会や
ファッションショーを攪乱するたぐいのものじゃない。

肉体が売り物なだけ。
夕べの鐘が鳴ると、
彼女らはあなたの股間の
数珠の様子をたずねます。

自分に気があっても
金のない若者を見かけると、
その後を追って
彼女らの咽喉元から
笑いがあふれます。

月が流し眼を送るころ、
すくなからぬ求婚者たちが
おもむろにやって来て、
このレディーメードの
夜の伴侶を選びます。
僕は
悪い足をひきひきやって来る侏儒や
冥土の土産にせめてもう一発と願ってやって来る
おいぼれ連中を見ました。
夜鳴き鶯《ナイチンゲール》がロメオとジュリエットの逢瀬のときのように鳴いていました。

避難

山々が、
平原の巣の上の
緑色の卵然と、
どっしりと横たわっている、この卵たちを
孵すのは誰？　どんな怪物が
空に現われる？

胸を圧さえつける
悪夢、
血管の中には鉛、
僕はのろのろと
階段を下りる。

Flucht

百マルク紙幣が手に入った。
居酒屋へ！　マスター、ビールの蛇口をひねってくれ！
夜になると茂みの下に倒れこむ、
頭上には散りぼう星屑、
夢は僕を
子どものように軽やかにしてくれる。

Ⅳ

パワー・ショベル

Der Bagger

善良なる鉄の痴者《しれもの》、
それが今またショベルを動かしている！
人力との競争ということになれば、
ショベルから煙こそ出ているものの、
百人の男たちの顔色をなからしめるだろう。

こんなものがあるということ！
砂利道ぞいに溝の泥を食らっていく　恰好の餌とばかりそれに嚙みつく、
長く伸びた象の鼻で粘土をむさぼる、
粘土を吐き出す、次から次へと。

それを見守っている男たちは、ほかにすることのないままに、打ち下ろされるショベルのただの一撃をも見逃すまいとする。
これは原始時代から代々地上に生まれついた象なんかじゃない、
鋼鉄製の牙のあるマンモスだ。

それを操る手に栄えあれ、
それを発明した頭に栄えあれ、
しかし、そんなこと休み時間に考える者はいない——
ビールが飲まれる、
バターつきパンがパクつかれる。

いかにも大いなるパワー・ショベル、
彼の立てるけたたましい音が九月の朝の大気に穴をうがっている

現場監督フリードリヒ

Der Vorarbeiter Friedrich

みんなは彼を精励恪勤《かくきん》の人という、
みんなは彼を大音声の人という、
いつも眼を光らせている油断も隙もならぬ人ともいう。

彼は好かれも嫌われもしている。
仕事がスムーズに行き、
天気も晴朗なときの、
彼の上機嫌、
ビール片手に、それをチビリチビリやりながら、
お説教する――
彼が相好を崩すと、
それはある者たちには砂糖の味、

用足しに行くという者があって、
それが十五分にもなると、
塩の味になる。

彼のどなり声はこれまで幾度となく僕の眠りを妨げた、
夢の中まで土足で入ってきて、
ガンガンと鼓膜にひびき渡る。

この監督のことで予言した同僚を知っている。彼の言だと——
あの鋭い眼は歳とともに鋭くなるだろう、
上役のおぼえめでたい人間になろうとする努力と、
部下の間で評判がいい人間になろうとする努力の間でひきさかれて
ボロボロになるだろう。

せめて彼がこっちの為になる悪徳の持主であってくれたら！
ものの半時間も、遠ざかる影だけを僕らに残して、
外出してくれたら！

彼が行こうとおもえば
行ける居酒屋は、
町村を問わず、
このあたりには山ほどある。
ちょっくら、窓から誰かいい男は来ないかと
見張っている未亡人に
声をかけることなど朝めし前のはずだ。

だが彼の美徳はこっちには悪徳。
家で長靴を磨いてくれるケーテちゃんに彼は節操を保っている。
彼の巨体は
種牛ショーにでも出した方が似合いだろうが、
家ではハインツさんと呼ばれている。

バター・パンを彼は現場でこそこそ嚙っている。
なろうことなら丘の上にでも立って、
せっせと働く僕ら下っ端連中を、

軍司令のような眼つきで見下ろしていたいだろうに。

いつの間にか身内同然になった相手

Langsame Verwandte

僕が一番最近キスをした女友達エルニのように
――僕は、命賭けて言うが、自分がしたキスを忘れない――
雀斑《そばかす》のある相手を
おまえは仕事の相棒として当てがわれる、
そして、どうしたわけだか、そいつはおまえの気に入る、しばらくたってやっと
どうしてだか、そのわけが分かる。
何しろそいつは、
仕事のとき、
いつもおまえの後ろにいる、
いつもおまえの後ろに
腰巾着のようについている。だもんで、仕事を推し進めようと思えば、
おまえはそいつの分まで二倍やらねばならぬ。

おまえはそれでも黙々とそれをやる、なぜって、おまえはこの相棒が好きだから。
そのくせおまえはそいつに、
「もっとせっせとやれ、こん畜生」とか何とか、
言えないのを
歯痒がっている。

こういったのは、いつの間にか身内同然になった相手。
僕のそばでシャベルを使っていたこいつがゲーテでなくて何より、
あわれなそいつはそれぐらい感受性の強いやつだった。

作業員の夕べ

階段を下に
男たちの口から
笑い声がころげ落ちてくる。
居酒屋が仕事じまいの一夕を誘っている。
足が自然にそちらに向く。

グラスが並ぶテーブルの
アーチ状のタバコの煙の下に坐る権利が自分にあることを
男は、
自分の赤ぎれが来た
作業員の手を見て思う。

Arbeiterabend

アミダに帽子をかぶる。
手は、
七壜分には十分の
小銭がジャラついている
ズボンのポケットをまさぐる。

教会の塔の
時計の顔つきの、
何というういい表情だろう、それが
真夜中までの七時間を約束している。
教会の鐘の息づきが、
仕事じまいの一夕を予告している。
やがて鳴りはじめるだろう。

疲労

すくなくとも
そこに座っていれる
窓辺を今宵僕は持っている、
仕事はきつかった、しかしもう終わった、
車輪のような月が
森をこえ、夜空をこちらに近づいて来る、
夜気は眠りにみちている、
——そう言ってごらん、そしたら
昼間掘っていた溝に突き出ていた木の切株で青あざになった
腕の痛みもとれるだろう。
毛穴ににじみ出る疲労が

Müdigkeit

今宵僕からも出る、
鼾をかきながら僕はそう妄想する、
この鼾は呼子の音に変わり、
その音とともに一日と僕とが眼を覚ます、
僕だけが新しい仕事へ、
一日は新たな傍観者役へ。

さて僕は溝から頭をもたげる、あたりを見回わし、一日も僕を見守っているか、見守る。
偽善的な日の光め、
僕は夜の方が好きだ。
それでも願わくば夜が節度を守って、
夢まどろんでいる僕の手に鶴嘴《つるはし》を握らせたりしませんように！

作業員

Der Arbeiter

地面に溝を掘る、これが交代制の仕事。
太陽の赤い平手打《ビンタ》ちをたえず顔面に喰らいながら。
現場監督は視線をあたりにめぐらす。
視線はぐるぐる犬のように駆けめぐる、
この犬を撃ち殺したり、
犬小屋につなぐことができるといいのだが！

というのも、棒立ちになっていることも——数分間——
鼻をふくらませて息を深ぶかと吸いこむことも、
ちょっとしたタバコ・コーナーをそこらにつくりだすことも、
それだけでもう現場監督の怒りを買いかねないから、
それだけでもう現場監督がこちらにつかつかと近づいて来かねないから。

鉛のような疲労が次第に骨身にこたえる。
溝の中にずらり一列になって、
正午にもう夕べを讃えている
汗だくの男たちの列。
ガンガン鳴っている頭の中に
終了の笛が救いの神のように鳴りひびく夕べを。

炭坑夫

良心のように重い、
黒い岩石。
地層の上方部の
過去を想わすもの。

汗がその石炭の粉を腕から洗い落とす。
眼が皿のように大きくなり、
現場をかけめぐり、
凝視する。

騒音の中に
全員つつまれている。

石炭の粉が舌の上に
苦い食《い》ものとなってのり、
みんなはそれをペッペッと吐き出す。

どんな讃《ほ》め歌も思いつかない、
つくろうとしても、
疲労困憊していて、
お断わりの手ぶりを想うだけ。

外からの同情も軽蔑する、
石を相手に働いて、
自分もいろんな点で
石のようになった男。

老坑夫

Alter Bergmann

きみは夜闇の中を行ったことがあるだろう——
僕は夜闇のような
鉱物を知っている。
鶴嘴をふるって僕の両手は板のようになってしまった。
僕が切り出した石炭は
煙になった、
煙になってモクモクと
宙にかき消えて行った、
白い冬の
ストーヴの中の
熱が
死んだ。

僕の両手は板切れのようになった。

白い冬の
寒さの中で
人びとは死なずにすむ。
僕が切り出した石炭が
煙となって煙突を立ち昇る工場で
鉄がつくられる、
それは車の製造に役立ち、
建造物の柱になる。

住み給え！　生き給え！
僕の両手は板のようになったが、
それが無駄でなかったとは、
何といいことだろう。

鶴嘴を握って

Am Pickhammer

鞭なしに、ほうら、
僕らは鞭なしに働いている、
五十年来の建設業者、
ツェテルマイヤーさん、
僕らは鞭なしに働いている、
お金のために。

今日僕は鶴嘴を握っている、
岩盤という雄牛相手の僕らは闘牛士、
この雄牛の背中に
鶴嘴の尖をしっかと打ちこむ。
雄牛はただがビクともせず、

そのまま永遠に生き続ける、
巨体からポロポロと
断片が剝げ落ちるだけ。
僕らが必要なのは水道を通す
溝だけ。

太陽が刻々、
火の足で
僕らの項を足蹴にする、
玉のような汗、
僕はこれを無駄骨と呼ぶ。

僕はビールを一壜飲む、
二壜飲む、
鶴嘴の尖を交換する、
もう一回交換する。
だが僕のまるくなった背中は、

取り替え不可能、
鶴嘴を打ちこむうちに
痙攣が来るようになった腕も。

終了時刻が助けに来てくれねばならない所。
時計はちょうど六時を指している。

仕事じまい

Feierabend

夜の帳《とばり》が空に一つまた一つと星をにじませながら降りて来るとき、
ツグミの鳴きかわす声が飛散して、
町そのものも疲れはて、
黒煙をあげて空に舞い上がる
ジェット機のたえまない離陸も終了するとき、
僕はもう、
自分に安息を与える眉間への一発を考えない。

今日僕らは電線《ケーブル》を引いた、
七百メートルもある長いやつ。
溝は、何しろドシャ降りのあとだったものだから、
水にひたってビショビショ。

長靴には泥がこびりついて、
石のように重い。
僕が耳にした
周囲の連中のぼやき——
七百メートルをも
たったの十二人でやれだと。

夜の帳が空に一つまた一つと星をにじませながら降りて来るとき、
ツグミの鳴きかわす声が飛散して、
町そのものも疲れはて、
黒煙をあげて空に舞い上がる
ジェット機のたえまない離陸も終了するとき、
僕はもう、
自分に安息を与える
眉間への一発を考えない。

大型輸送トラック

Der Transporter

二百五十馬力！
この馬力を運転台での制御する
一人の悪魔が白い歯を見せて
笑ってる。

手ブレーキを使って
操作開始。
鉄積載用の荷台がゴロゴロ音を立てはじめ、
その上に純粋な鋼鉄製の
線路十七トンが積まれる。
この半分でも足指の上に落ちようものなら、
足指は即座にちぎれる。

外科医なんか役に立たない。
鋼鉄の雷が轟きはじめる。
犬どもが吠える。
やがてガラス張りの運転台からの若い運転手の視線。
もう動きはじめる。
もうアスファルト道路が震動しはじめる、
都市と都市の間の走行がはじまる。
三百二十キロ。
これがこの大型トラックが走破しなければならない難路、
何しろ途中、車線の標示が読みとりにくいので。

V

退屈

誰が退屈を、
蹄が一つしかない駄馬を、
僕の人生の荷車の前につけたのか？
尻尾にリンリン鳴る阿呆の鈴をつけられ、
両耳はまるで聞こえず、
両眼は眠気をもよおしてトロンとし、
同じひとところばかりをパカパカと
一つ蹄で駆ける駄馬を？

その地面からしかし、
霧が立ち昇る。
霧が切れると、いろんな物の姿が現われる、

Langeweile

しかしそれも消えて行く、
死児となって、
僕の五感のかたわらをゆるやかに。

オンドリの啼き声が騒ぎ立てても、——僕は馬耳東風。
恋唄が歌われても、——僕は石部金吉。
友の呼び声が聞こえても、——僕はどこ吹く風。

誰が退屈を、
蹄が一つしかない駄馬を、
僕の人生の荷車の前につけたのか？
敵か？
最悪の夢の中の
僕自身か？

時が癒やす

僕が恥にまみれて
赤い墓に埋もれていると、
嵐がまわりの壁をゆるがして、言う――
「起きよ！」と。
春のアトリたちも壁を嘴で突ついて、
やはりおなじことを言う。
復活のトーン、それはどこに見つかるのか？

時よ、
おまえの歯、
それが墓の中の僕を噛んで、解放するだろう。

Es heilt die Zeit

農夫が種を蒔くだろう、
生じた苗を夏の金文字が
美しく飾るだろう、
秋が
木の葉の壁とともなだれ落ちて、
そのときおそらく僕は救済されるだろう。

新年

国中にかすかな足音を立てながら
白い泣き声がやって来た、
いま雪が積もっている。
家の中では酒飲みたちがどんちゃん騒ぎをやっている、
からになった瓶が
そこここの窓から
寒い戸外に放り出される、
いくつもの瓶の口を笛がわりにして
風が鼠の歌を奏でている。

新年が始まった、
みんなは爆竹を鳴らして、

Neujahr

新年の夜空の
遥かなる
星たちへ
挨拶を送る。

だが僕は
両の拳に
息をいっぱい吹き送るだけ、
手の指の数を
数えるだけ。
それほどの幸福があれば、
それで十分。

王様

僕は自信を取り戻した、
それは僕の額のワン・ジャンプ
前にあった。
死について僕は
歌い過ぎたのだった、
考え過ぎたのだった。

友達が来て、
手で肩をポンと叩いて励ましてくれた、――
もう一度陽光を、
もう一度満月の光を
浴びるように、と。

König

自信が赤い足どりで
僕の心に歩み入り、
暗闇を追い払った、
おお、再度まみえる
白日よ！
僕は無際限の散策の友。
ヴァイオリンの褐色の胴体からの音楽を――
僕は飲む。眼の前の美しい自明さの中を
子どもたちが行きすぎる。
蝶たち、きみら蝶たちも宙を折れまがりながら飛びながら
宮殿をきずく、
通り抜けることができるこの宮殿の壁。
僕は夢見る――自分は王様だ、と。

貧乏人

花が真赤に
点火されている、
眼にまで火が燃え移るかもしれない、
脈拍が二倍になるかもしれない、
口に喜びの舌が生じるかもしれない。

デパートの洋梨の値段は僕を滅入らせる、
僕は貧乏だ。指で椅子の肘掛けをトントンと叩く、
この数ほどの百円貨があれば！

雨音が家の中にまで入りこみ、
一日が

Der Arme

雨滴のヴェールの背後につつまれるとき、
僕は喜ぶ。

僕の靴はすりきれている、
鼠たちが夜それを噛る、
肉のにおいがする、
僕もそれを噛みしめたい。

私かに

僕は僕の膝がある所に、
僕の顎がある所に、剃り残した髯が半分ある所にいる。
僕は僕の頭髪の下に住んでいる、藁ぶきの屋根の下に
住んでいるのと同様に。
私《ひそ》かに、
九々は変更可能という考えに耽っている。
僕以外それを信じる者はいない。

ホホジロたちと競いながら
僕は僕の歌を歌っている、
洋梨の実る月に。
僕は働き者の蜜蜂に

Privat

五月一日《メーデー》を吹き送る。

朝雲に言う

修道僧たちが一夜を踊りあかして、
後悔とともに帰宅するとき目のあたりにするような
灰色の朝雲が垂れこめている、
カラスたちが、自分たちの正義を
叫び立てようと、塒を出て行く。
記憶の中の死者たちが
僕を抱きしめる、僕の額に
黒い、憂鬱さそのもののキスを
おしつける。

自転車の発明家は死んだ、
飛行機の発明家も死んだ、

誰も彼もが死んだ。
やがて僕も死ぬだろう、
死後名前が輝やくということはない、
功名心も
僕はとっくに
投げ棄てた。

僕はつらなる雲に想いをなげる、
それが
幸福な詩となって
草かおる平野の上を流れていくのを見る。

ショーペンハウエルとともに

Mit Schopenhauer

畑また畑、
誰がこの色とりどりのトランプを次つぎに並べたのか？
どんな秋の魔女が？
その上まだ彼女が
花の未来を占おうというなら、
それは間違い！

僕は彼女がハシバシの茂みから
舌尖きでシュシュという音を立てながら
呟いているのを聞く。

ショーペンハウエルは賢者だった、

陽気な炎を見ると
それに背を向けて、
消えないうちにもう、
「灰だ」と考えた。

今日彼が、
僕の守護霊でありますように。

ひとりさびしく

Einsam

僕の鼻は棒坑となってそびえ立つ。
耳は門となって
舞い落ちる木の葉の音を通過させる。
声はひとかたまりになって、
はげしい雨音になだれこむ。

星たちは天空に群れつどう家畜たち、
それを見ると僕は羨ましさのあまり
顎がガクガクする。
おお霧よ、壁となって、
旗となって、敷布となって
立ちこめておくれ、

でもそれにくるみこまれるのは
僕だけ。

写真家

写真家は気楽な稼業、
荷物が重すぎるということがない、
旅の記憶を
頭に貯めこむということがない、
シャッターを押すだけ。

人畜無害の狩人として、
あらゆる種類の美を追って旅行する、
壁を、脚を、
胸を追って。
誰を射るわけでもない。

Der Fotograf

獲物は紙に収める。
折にふれそれを
眼で賞味する。

屈辱

僕は泥を舐める。
誰にも好まれぬ鼠たちが住む、誰も飲もうとせぬ
気の抜けた雨水のたまる溝の中に
僕は寝床を持っている。
僕の額には阿呆がかぶる帽子がアミダに貼りついている。

僕の肩を本気でポンと叩いてくれる友はどこにいる?
僕は背筋をシャンとさせて、
力強い人間になるだろうに!
僕をきれいに洗い流して
人前に出れる姿にしてくれる
雨は、

Erniedrigung

山の背後の
どこまで来ている？

僕は自分を
革紐で両脚をかたく
くくられて、
屠場に運ばれて行く
牛に見立てている。

希望の窓辺に

雪の中を行くと、
雪が高価な銀になる人が
いっぱいいる、その他の宝が欲しければ、
靴を振るだけでいい、
宝はふえる、みるみる高く積み上がる。

僕をこの連中の仲間に
絶対に数え入れないでくれ！
僕はいつも
影をつかんでしまうのだった。
影が丈夫な布地で出来ていたら、
僕は冬のダークのマントぐらいには

Am Fenster der Verheißung

ありついていただろうに！
それでも僕は懲りもせず
希望の窓辺に座っていたのだった。

想い出

幼年時代の庭園の春の美しい記憶！
頭上の大空をツバメが何羽も
白い羊皮紙にちらばるインキのしみのように飛んでいた、
かたわらにはブナの木が、
まるでそこから魂を吸いこんだ
老人のように、
優しくおぞましく立っていた。

お母さん、
と僕は呼んだ、
僕の頭上に一つの顔が吹き寄せて来て、
僕の苦悩をおおった。

Erinnerung

お父さん、
と僕は呼んだ、
僕の肩に力強い一本の手が
置かれた。

夢の宮殿の
ドアまたドアをあけて降りて行って、
そこから魂がいっぱいになるまで水を飲む
深い井戸に降り立つ
眠り。

僕のまなかいに氷塊が生じたのだった。
僕の行手に壁が立ち塞がって、
若い僕の足どりは萎えたのだった。

弱点

わが弱点、
毛穴から汗をにじませて呻吟すること、
体から朝の厩肥《きゅうひ》のような怠惰が臭うこと、
わが弱点、
スプーンが立てられるほどズッシリ砂糖を入れた
コーヒーが欲しいこと、
誰も見たことがない
カラスについての
詩句を書きつらねようと鉛筆を握ること、
わが弱点、
居酒屋にのこのこと出掛けていって、
そこにいるみんなの無駄話を耳一杯詰めこむこと、

Schwäche

このような無駄話の中にはときおり、
どこまでも続くぬかるみの畑に
たった一個転がって輝いていたローマ時代の古銭のような
気のきいた文句がふくまれることがある。
わが弱点、
夜ごと木によりかかって、
いまは亡き
彼女に想いを馳せること。
これだけではない。
法螺を吹くという弱点、
幸福という椅子にぬくぬくと座っていれる
天国を夢みる弱点。
わが弱点、
自分の存在を確認する外からの
挨拶欲しさに外出すること、
ただそれだけのために
わけもなく村を通って行くこと。

これでおわり、
詩句をたくさん書きつらねた、
これがわが弱点。

ごみ廃棄場

Schuttabladeplatz

僕がごみの共同墓地に来ると、
鼠たちは雲を霞と
穴に逃げこんだ。
ここで凪は
種々のにおいを
自分のポケットに詰めこむ、
それを、さも蔑《さげす》んだふうに、人目をはばかりながら
遠方の地にばらまく。
焼けこげたマットレスのにおい、
缶に入った、もう気の抜けた油のにおい、
腐ったキャベツのにおい、
それらがごちゃまぜになって
何が何やら分らなくなったにおい。

僕は錆ついた呼子《ホイッスル》を踏んづけた。
こわれている。もう音が出ない。
この呼子を使っていた唇はどこへ行ったのか？
いまでは新しい呼子が昔日曜ごとにこれを使っていた
審判員の口にあてられているのか？
世界の大国あるいは小国発行の切手類、
それがここで雨にさらされて色あせている。
蒐集家が死んだのだ、と僕は結論を下す。
その独り者の遺品を誰も引き取ろうとしなかったのだろう。
僕が死んだら、
みんなは何を僕の部屋から運び出して、
ここにばら撒くだろうか？
誰も読むことのなかった、読むことのない
詩がいっぱい書かれた紙の山をだろうか？
そのときはカラスがやはりこのように
穴だらけのごみバケツにとまって、
声をかぎりに啼くだろうか？

ヤコブはラケルを得ようと奉仕した

空腹に
わたしは耐えた。七年間、空腹は
わたしの体内で振り回わされる松明のようだった。
ラケルを得ようとわたしは奉仕した。
ラケルの面ざしが
石に、
木に、
映し出されるとき、
石や木は讃美するに価した。

咽喉のかわきが
わたしの声をカスカスにした、

Jakob diente um Rachel

変色したキャベツを刻むときの音のようだった。
野良仕事の最中、暑さのあまり、
あわや皮膚をかなぐり捨てるところだった、
それは火のように熱かった。
わたしはラケルを得ようと奉仕した。

雷雨が荒あらしく轟いた。
それに伴う雨は、
わたしが、
ラケルよ、
おまえを慕って泣く
涙の味わいだった。

雷雨は
羊どもを
周囲の山の隅々に四散させた。
するとわたしは、

一度は四散したラケルの父の羊どもをかきあつめるために歩き回わり、
山の岩肌で足を
傷だらけにするのだった。
ラケルよ、
わたしはおまえを得るために奉仕した。

注　ヤコブは妻ラケルを得るために、彼女の父に仕えて、羊飼いとして働いた（旧訳聖書、創世記二十九章）

いまカラスたちと

いまカラスたちと田舎のテーブルについている、
カラスたちはパンを、
僕は友情を欲しがりながら。

僕らが
美しいものを、
日中あるいは祭を、
少女を、
国中を席捲した新しい歌を
讃めたたえようと
一堂に会した
季節は過ぎた。

Nun mit den Raben

冬が
眼や口に巣喰っている。
冬は僕らがそれまで座っていると、
そこに宵の明星が現われてなごやかに僕らの仲間入りした庭を
奴隷にした。

年齢が僕らをさらに不幸な境遇へ変えることを
知りながら、
どんなに赤い唇やどんなに熱い息づかいも死に絶えることを
知りながら、
僕はいま、
おし黙ったまま、
どんな天にも乞い願ったりはしない。

Ⅵ

村のハーメルンの笛吹き男

眼をキョロキョロさせている男、僕が言うのはこの男のこと、
奇態な手つきで道の両側の住人たちを怖がらせ、
帽子をグチャグチャといつまでも噛み、
浅くなった水たまりに浸って、
みんなを馬鹿にしたふうにペロリと舌を出す。

彼こそがみんなが村のハーメルンの笛吹き男と呼ぶ男。
この男の後をぞろぞろと村の子どもたちがついて行く、
頭には彼岸花のような三角帽をかぶって。

とはいえこの男には、ハーメルンの笛吹き男がそうだったような
山を見つける才能が欠けている、

Der Rattenfänger des Dorfes

その中にわけ入って行って、雲を霞と姿をかき消す才能が。

みんなはこの男を馬鹿者扱いしている、
みんなは彼の膝にペッペと唾を吐く、
みんなはこの男は頭が変じゃあるまいかと
額に指をあててトントンと叩く。

ここで本物のハーメルンの笛吹き男のような復讐があってもいいところだろう。

苦悩する者たちが見える時間

Zeit, Leidende zu sehen

苦悩の疼きが
僕の肉を
突っつき回わす。この厄事を
僕は樫の木に投げつける、木の葉の屋根でさしあたり
この不当な雨を防いでくれないかと。

苦悩する者たちがやって来て、
胸の内を披歴する。

美しい冬の季節に
ボルドーで次第に狂っていったヘルダーリンが、
黒い息を吐きながら、

自分の喪しみのことを僕に
語るともなく語る――
善良な太陽も彼の胸に疼く棘を
抜くことはできない。

部屋に寝たきりだった男、
――パリは歓楽の都だった――
その男ハイネも苦しんでいた、
僕には彼が呪いつづけた
今は昔の時代の
夕べの月が髣髴とする。
彼は柔和な光を欲しがったが、
それは与えられなかった。

やはり苦悩した
主イエス・クリスト、
瓦礫に埋ずもれている彼の肉体。

その瓦礫の下から
復活祭の鐘音は来る。

雨が降っている。
僕は樫の木にもたれている。
空は一面僕の窓、
大地はひろびろと広がっている。
苦悩する者たちが見える時間。

急に首をひっこめる

Das schnelle Einziehen des Kopfes

榴弾の穴。
灌木のしげみがここにあったはずなのだが、
こっぱ微塵に吹き飛んでしまった、
どこかしらに。
みんなはここで首をちぢめたのだった。
榴弾の穴の縁《ふち》には血糊がこびりついている、
ほんのちょっぴり、ほんのちょっぴり。夕まぐれ。真赤な太陽、
あれも血を飲みこんだためか？
おお、あちらの山、あれは
黒い石を高く積み上げた大勢《おおぜい》の人のための墳墓か？

一方から一方へ、

長い大砲の筒から
鋼鉄の鞭のような攻撃が仕掛けられたのだった。
閃光が走った。
叫喚、命中する弾。
若い命たちの背後で死に絶える戦闘文句。

粘土の奥に踏み固められて、
腐敗も分解もない
これら死者たちの一人は、
聖堂を建築するはずだった、
そのころすでに人びとに平和をもたらすことを
考えていた、──
背裏にその設計図を入れていた。

白痴

彼に
黒い灰の山をやってみたまえ、
彼は腰を下ろし、両手をひろげ、
一日中、
オンドリみたいに啼くだろう。

彼に小麦粉を七袋、やってみたまえ、
彼は小麦粉で
薄べったいパンケーキを焼き上げるだろう、
三百メートルもの幅のあるパンケーキを、草はらに、
それを焼く
夏の陽射しの中に。

Der Idiot

彼に優しい言葉をかけてやりたまえ、
彼はそれを礼儀正しく受けとるために
髪をきちんとととのえるかもしれぬ。

片足が硬直した人

まっすぐにすっくと、誇りたかく、
花盛りのリンゴの木が立っている、
教会の塔は喉もとに、
快い響きの
時を知らせる鐘を蔵している、
しなやかに
川が流れている。

彼の片足は硬直している。
彼は、そう、彼は
病気のニワトリみたいに
中庭のはずれに、

Der Hinkende

人生のはずれに追いやられている。

懐疑の淵に沈んでいるとき、
僕は彼と自分をひきくらべる、
僕の魂の半分が
硬直して生気を失い、
あと半分がそれでも柔軟に
人生を信じているとき、

彼は僕の友だ。

月

月が流す乳が僕は好きだ、
白い草が、木が
それを飲む。

誰が天上の桶を、
まるい桶を乳でみたしたのか？
誰が雌牛の乳を
永遠に流れつづけよとしぼったのか。
誰が雌牛を星たちの花園で育てたのか？

僕はその相手を夜の夢の中でさがす、
月からの乳にみたされながら。

Mond

あとがき

イルムガルト／ベンノー・レッヒ

ひとが他者に傍観者としてふるまうか、それとも常に共に苦しむ者、共に喜ぶ者、共に責めを負う者であるか、この二つは決定的な違いである——そして後者こそが真に生きる者である。

フーゴー・フォン・ホフマンスタール

『僕、片隅の客』——この題名はひとを、ヨハネス・キューンは不機嫌な顔で家にひきこもって、彼の周囲の世界をゆがんだ視角から不愉快に眺める単なる傍観者であると誤解させるかもしれない。ヨハネス・キューンは片隅に追いやられた人間である、多事多端のわれわれの生活にはもはや巻きこまれていない。これを通して彼は、われわれの注意から外れる物に没頭する自由を獲得した。そのため彼は「庭園への耳」を持ち、「赤い鰭をした魚」のそばで過ごす時間を賞揚し、「苦悩する者たちが見える時間」が持て、彼らのことをおもって惻々と胸が迫る。彼の格別の注意は、生活無能力者に、われわれの成功者社会が見逃す者たちに向けられる。胸の奥深くで彼はこの者たちとの類縁を感じている。生活能力ある者たちにとっては彼はこのために阿呆と映るだろう。これを彼は知っている——「僕の額には阿呆の帽子が貼りついている。」

齢四十を数えるまで、ヨハネス・キューンは自己の詩で読者に語り掛けようとした。しかし地方の小さな一出版社しか、そしてたまには新聞社も、彼の詩を印刷しようとしなかったとき、彼は諦めた。それ以来彼はもうどんな出版にも心を労していない。五年間以来、書くことさえしなかった。会話からも身を遠ざけていた。書くこともなく、ほとんど話すことさえなく、暮らしていた。廃人同然の状態に陥ったのだった。それでも村の人びとの間にはとどまり、道をぶらつき、村の人たちを身近かに感じられる居酒屋に入って、彼らのそばに座っていた。

村びとたちは彼を理解しなかった。それを彼の多くの詩が証明している。彼はこれを我慢した。彼は、歩いて家に帰れなくなったときを除いて、ほとんど一度も故郷の村ハスボルンを離れたことがない。彼の詩作のほとんどは、この村があるドイツ西南部の北ザール地方と結びついている。彼女が故郷から逃れる必要がなかったことは、とりわけ二十歳年下の妹のお蔭を蒙っている。彼女は彼の我が儘を許し、彼の好き勝手にさせた。そのお蔭もあっていずれは村びとたちもこの一風変わった暮らしぶりのヨハネス・キューンを彼らの詩人として受け容れるようになるのだが。ヨハネス・キューンは村の人びとにとっては一九六三年から一九七二年の間だけが、完全に村の一員である人間だった。この間彼は彼の兄の土木建設会社で溝掘りの作業に従事していた。この仕事はみずから望んでしたものではなかったといえ、彼は自分の仕事仲間に親しみを覚え、仲間うちの感情や仕事に対する不満を詩にすることができた。

自分の将来の志望を彼は十四歳のときすでに詩人としての職業に定めていた。しかし病気に罹って、九年制ギムナジウムの第七学年目にすでにその方面の勉強を中断せざるを得なくなった。高校の卒業免状なしに大学に籍を置き、われわれ友人たちとザールブリュッケンやフライブルクの大学でドイツ文学の講義を聞いた。この期間彼はクロップシュトク、ゲーテ、クライスト、へルダーリン、メーリケ、トラークル、ハイム、ブレヒト、バッハマン、ランボーの熱心な読者だった。彼らとの対峙の中で彼は非常に幅のある詩的作品を書いた。

劇への関心から五〇年代の後半、演劇学校に通った。しかし俳優としての職業にはまったく就かなかった。自分の資質に即してたくさんの戯曲を書いた——一晩もののドラマ十三篇、一幕もの七十四篇、聖譚もの一篇、オペラ台本一篇である。われわれには当時、彼が自分の作品はこれで一段落、と考えたように思われた。

彼は原稿類をわれわれに委ねた。一九八四年、われわれは詩集『塩の味』（ミッテ出版社、ザールブリュッケン）を出版した。一九八八年には、そのイラストレーションが彼の絵画制作の好例を示す童話集《メルヘン》『渡り鳥が僕に報告した』（ヘムペル出版社、レーバッハ）を出版した。われわれの手もとにはこのほかに二十八篇の童話《メルヘン》と七千をはるかにこえる詩篇がある。この大変な数は、彼がこれらの作品をいとも易々と紙上にしたためたような印象を呼び起こすかもしれない。事実、彼は詩をいとも迅速に書き上げた。しかしその作品を仔細に眺めると、彼が瞬間の思いつきや自分の天分だけに身を委ねたのではないことが、われわれに分かった。芸当を身につけなければならない曲芸師のように、ヨハネス・キューンも一つのテーマを何度も試みたのだった。二十回以上もさまざまな稿を試みているテーマもある。五、六種あるいはそれ以上も稿のある詩がたくさんある。その際確認できることは、改稿ごとに精確に、そしてほとんどの場合簡潔になっていくことだった。とりわけ、説明的な文句はすべて取り払われた。これはわれわれが彼に協力して詩を改作しようとするときの重要な規準となった。彼はわれわれの削除を非としたり是としたりした。改善の提案に鼓舞された、詩行や詩節全部を書き直したりもした。しかし彼はもう、自分からすすんで自分の作品を改作するようなことはしなくなった。

ヨハネス・キューンは、どんなときも自分の原稿を細心に取り扱うことがなかった。彼は自分の詩、童話、ドラマを新聞や手紙と一緒に箱型の戸棚にしまいこみ、そこに山積みにした。新聞の日付けや郵便のスタンプを見ても、正確な日付け決定は不可能だった。積み上げられた紙の山はしばしば崩れ落ち、作者は一度取り出した原稿類を元に戻す際そこにトランプのようにまぜ合わせたりもしたのだから。本書『僕、片隅の客』に掲載した詩篇は、主として一九六三年から一九七三年の十年間に書かれたものである。

「ごみ廃棄場」という詩の中でヨハネス・キューンは何年も前から次のように見きわめをつけている――

前列右から、ハンザー社長M・クリューガー、B・レッヒ、J・キューン、I・レッヒ

僕が死んだら、
みんなは何を僕の部屋から運び出して、
ここにばら撒くだろうか？
誰も読むことのなかった、読むことのない
詩がいっぱい書かれた紙の山をだろうか？

一九八八年の秋、『塩の味』にザール州芸術賞が授賞されたとき、キューンは賞が授けられることを夢にも予想していなかった。五年間の沈黙ののち彼は、授賞式の前晩、われわれのたっての頼みに応えて、受賞講演のかわりに朗読する詩を書いた。その中に、彼の長期間の沈黙の動機をあきらかにする次のような一節がある――

おそらく、言われるべき
本質的なことは、
あとになって落穂として拾われる時よりも、
一行一行がまだ詩作されていた
青穂の時期により深く、
含まれているのだろう。

ヨハネス・キューンは、われわれ大勢同様、彼の胸をおしふさいでいる世界の現状を最終的な破局とは見ていないように思われる。彼は「本質的なこと」を、彼や彼以外の詩人たちがまだ存在しない言語を発見しなければならない「営為」の中に見ている。

解説

飯吉光夫

現代ドイツの詩人ヨハネス・キューン（Johannes Kühn）は日本ではまったく知られていないが、平易でありながら深い内容のある詩を書く詩人である。「現代の牧歌」とも呼べるその作品は心のうるおいが失われがちな現代においてもっと評価されていい。

キューンは本詩集『僕、片隅の客』（八九年刊）で一夜にして有名になった。当時、高級週刊紙「ツァイト」は一ページを割いてこの詩人を紹介し、全国ネットを持つ放送局も一時間前後を使って彼の詩の朗読や解説を行なった。

キューンのこの詩集を編んだのは、友人のレッヒ夫妻である。一九八四年に、この一つ前の詩集『塩の味』を出すために夫妻がキューンの部屋に入ったところ、戸棚には七千篇以上の詩原稿が古新聞や古い手紙類とごっちゃになってうずたかく積み上げられていた。劇や童話の挿絵も数多くあった。

夫妻はこの詩原稿から七十五篇を選び、詩集『塩の味』を編んだ。この詩集は最初反響がなかったが、次第に版を重ねた。これが八八年にザールラント州文化賞をとり、この受賞とキューンをとりまく噂がきっかけになってミュンヘンの大手出版社ハンザーが動き、『僕、片隅の客』の出版の運びとなった。

キューンは一九三四年生まれ。神学校の高校上級のときに結核と精神障害に罹《かか》り、中退して療養生活を送った。大学の聴講生として好きな文学の講義を聞き、その後、演劇学校に通って劇をたくさん書いた。精神障害がつづいたため就職はせず、六三年から十年間ほど、兄が経営する建設会社で作業員として雇ってもらっていたことがあるだけである。

詩は十四歳のときから書いていた。発想があとからあとから湧《わ》いて出る質で、母親に学業怠慢を注意されるほどだった。建設会社に勤めているときも書き続け、七〇年には第一詩集『静寂の声』を出した。これがまったく無反応に終わると、詩を発表することを断念し、八四年以降は詩を書くことすらしなくなった。人と話をかわすこともほとんどなかった。

二十歳年下の妹の家に居候し、毎日ふらりと家を出て居酒屋に立ち寄る。しかしそこでの彼は鼻つまみ者である。周囲から馬鹿にされ除け者にされて、毎回ひとりさびしくぽつんと飲んでいる。『僕、片隅の客』という題はそこから来た。

無職で毎日のらりくらりしているため、村人たちからも疎んじられた。彼の足が赴く先は、公園や森や山野で、自然だけが友だちである。建設作業員時代も、詩を書く人間ということで周囲から排斥されていた。

『僕、片隅の客』の中の居酒屋に関する詩では、店の常連に罵倒《ばとう》されて、まだろくすっぽ飲んでいもしないのに早々に店を出る。口から詩句をシュシュと蛇のように吐き出す。しかしその後心の安らぎを求めて自然に出る詩はどれも秀抜である。草原でのキューンは、「トンボたち、中空の青い針たちが、草はらの上を、音もなく縫っている」のを目のあたりにする。森でのキューンは、「茂みに結婚をもちかけているような」夜鳴き鶯の啼《な》き声に耳をすます。庭園でのキューンは、時間が来ても立ち去りがたく、「足に根が生えたようになって」立ちつくす。

素朴、甘美、繊細である。ある人はこのようなキューンの詩を評して「現代の牧歌」と呼んだ。これは当たっている。こののどかな調子は一見して時代錯誤的である。しかし、この牧歌は現代詩に欠けている情趣を補うという意味で優れている。現代の何よりも精神の治癒を求めている人びとには一服の清涼剤の役をはたす。しかもこの穏和な調子の奥にはいつも周囲から隔てられている人間の心の傷つきがあり、その傷の深さが詩にこれまで忘れられていた新味を与えている。自分の欠点を美点に変えている例がここにもある。

ヨハネス・キューン

この詩集『僕、片隅の客』を僕はそれが出版された一九八九年に読んだ。この一九八九年はベルリンの壁が撤廃された記念すべき年である。その後ソ連の崩壊が起こった。

その前年、僕はたまたまドイツに滞在した。妻の友人ヘルガ・シュレーター（Helga Schröter）さんという大変文学好きな女性のもとに一か月を過ごした。帰国後、この詩集の作者ヨハネス・キューンが一夜にして有名になるという椿事が出来した。それを新聞で知った僕は早速に原書を注文して取り寄せ、読んで、これはいい詩人だと思った。偶然だったが、このヨハネス・キューンとヘルガ・シュレーターさんとは同郷人で、ヘルガさんもキューンのファンになったとのことだった。

キューンの故郷の村はドイツの西南部のザールブリュッケン市近くにある。ヘルガさん宅はそことは汽車で一時間と隔っていないフランケンタールという市《まち》である。横道にそれるが、このフランケンタール市についてちょっと書くと、この市はフランクフルト市やハイデルベルク市と一時間ほどしか隔っていないところにある。このフランケンタール市は日本だとまあ岐阜といったところだろう。日本に来る外人観光客に岐阜を紹介するには、東京があって京都があって名古屋があって、その次に岐阜があると言うのが一番早いだろうが、それとおなじ言い方をすると、フランクフルト市があってハイデルベルク市があってマンハイム市があって、その次にフランケンタールがある。

このドイツの小都市フランケンタールについて、僕は何も知らなかった。しかし、一夏この市に滞在して、ヘルガさんに周囲を案内してもらって僕が実感したのは、ドイツの片田舎といっていいこの小都市の奥行きの深さだった。ヘルガさんが連れて行ってくれたこの市やその近郊には、例えば中世からの旅館や、家の門の上の怪獣の装飾などに、奥深い古さや、どこまでいっても尽きないと思われるほとんど原始的な古さがあった。この古さは、日本にいては到底知りえないものである。あるいは、それらの質感にしても、丈夫で長もちがするというのが「ドイツ的」の代名詞だが、それが単に輸出品のゾーリンゲンやフォルクスワーゲンの品質をこえて、もともとは職人だったアルブレヒト・デューラーの絵画の奥にある堅固な質感をもうかがわせる。あるいはそこに到るまでの経路がありありと読みとれる。

本書の詩人ヨハネス・キューンの詩にも同様のことがいえる。彼の詩は田舎っぽい。しかし、例えば庭園の中で我を忘れる自然への対しかたは、われわれがどうしてももう一度取り返さねばならぬものだ。昔行きずりに見た映画に『クロコダイル・ダンディ』というのがある。これは長年の森の暮らしから出てきた自然児が都会の社交界にまぎれこんで、やることなすことすべて、まわりを驚かす話だった。詩人ヨハネス・キューンも、そのあまりの自然児ぶりに都会の詩人は驚く。ヨハネス・キューンのこれが魅力である。

ヨハネス・キューンの詩は、フランスの有名な「プレイヤード叢書」にも収められている。ドイツ歴代の代表的詩人のアンソロジーで、現代に入ってパウル・ツェランのあとにヨハネス・キューンが置かれている。ツェランの都雅に対してキューンの田舎っぽさ、野趣が立派に自己主張していて、僕を安心させる。

キューンは今のドイツで最も活躍している詩人の一人である。僕としては、彼の詩集をせめてあと一、二冊翻訳出版したい。

二〇一二年二月

飯吉光夫　いいよし・みつお

一九三五年満州奉天生まれ。六一年東京大学独文科大学院修了。首都大学東京名誉教授。著書に『パウル・ツェラン』『傷ついた記憶』など。訳書に『パウル・ツェラン詩集』『ギュンター・グラス詩集』『ベルリン・レミニセンス』など多数。

僕《ぼく》、片隅《かたすみ》の客《きゃく》

著者
ヨハネス・キューン
訳者
飯吉光夫
発行者
小田久郎
発行所
株式会社 思潮社
〒一六二―〇八四二　東京都新宿区市谷砂土原町三―十五
電話〇三（三二六七）八一五三（営業）・八一四一（編集）
ＦＡＸ〇三（三二六七）八一四二
印刷所
三報社印刷株式会社
製本所
株式会社川島製本所
発行日
二〇一二年三月二十五日